Primera edición: octubre de 2018

© 2018, Raquel Díaz Reguera
© 2018, Penguin Random House Grupo Editorial, S.A.U.
Travessera de Gràcia, 47-49. 08021 Barcelona

Printed in Spain – Impreso en España

ISBN: 978-84-488-5165-1
Depósito legal: B-16.710-2018

Diseño y maquetación: Magela Ronda
Impreso en Egedsa, Sabadell (Barcelona)

BE 5 1 6 5 1

Penguin
Random House
Grupo Editorial

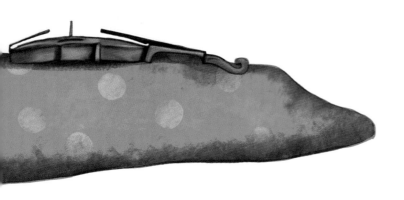

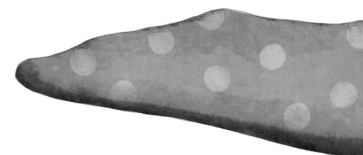

Raquel Díaz Reguera

Las niñas
serán
lo que
quieran
ser

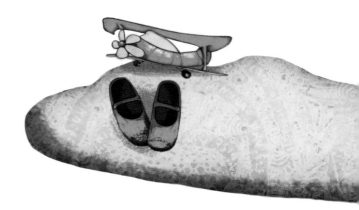

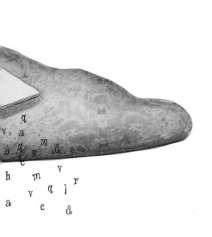

Lumen

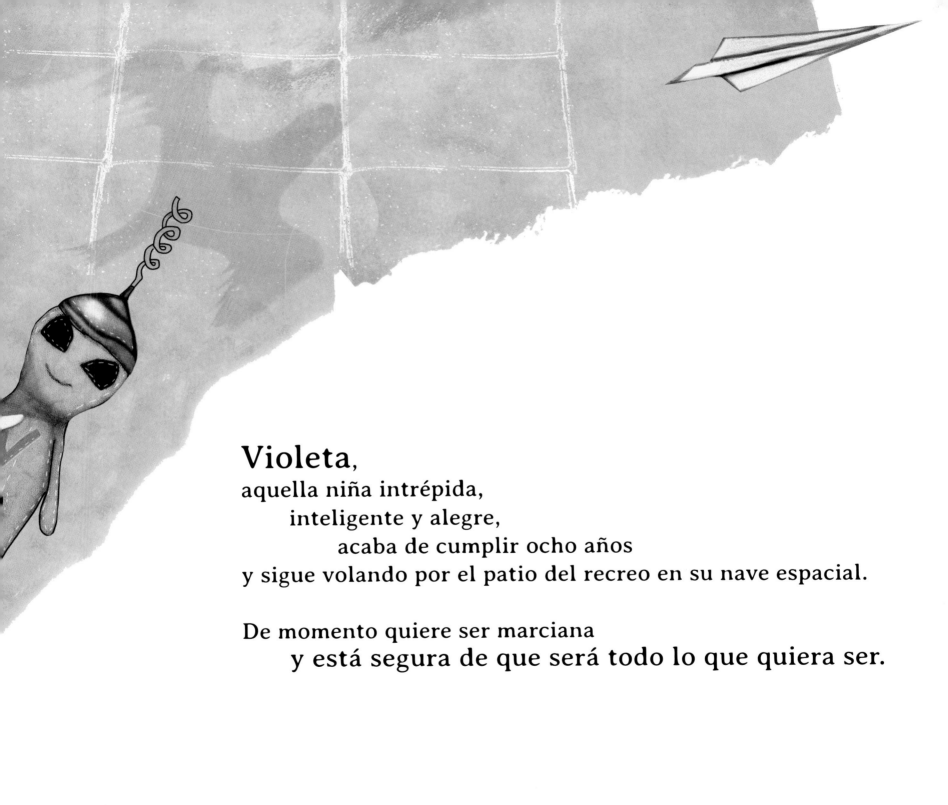

Violeta,
aquella niña intrépida,
    inteligente y alegre,
        acaba de cumplir ocho años
y sigue volando por el patio del recreo en su nave espacial.

De momento quiere ser marciana
    y está segura de que será todo lo que quiera ser.

Adriana, además de ser piloto,
piensa inventar un vehículo capaz de dar
la vuelta al mundo en un pis pas.

Jimena escribe cuentos en los que las protagonistas son niñas valientes y soñadoras como ella, y no se rinde en su afán de escribir la novela más bonita de la historia universal.

Martina siempre ha querido ser violinista, pero ahora ha decidido que será directora de orquesta, y se imagina con su batuta recorriendo los teatros y auditorios de todo el mundo.

Y como ellas, todas las niñas que se desprendieron
de las pesadísimas piedras de la banda de
don NOLOCONSEGUIRÁS ahora vuelan
con sus alas invisibles, sintiéndose ligeras
como plumas.

Unas alas que el señor SIQUIERESPUEDES
teje cuidadosamente con la intención
de que ni a una sola de ellas le falten
a la hora de levantar cualquier
vuelo que se propongan.

Pero los miembros de la banda de don NOLOCONSEGUIRÁS están rabiosos desde aquel día en el que sus planes fallaron:

—¡Esto no va a quedar así! —gruñen—. ¡Qué se han creído!

El señor REFLEJOS no soporta que las niñas se vean en los espejos tal y como son en realidad, y no como él quiere que se vean.

A la Señor-ITA le escandaliza que las niñas no aspiren a convertirse en princesitas rositas y educaditas...

Al señor DESIGUALDAD, grrr, le sale humo de las orejas cada vez que una niña se atreve a soñar historias que él cree que son solo para niños.

Y la señora BELLEZAEXTERIOR se desespera viendo que a las pequeñas les da lo mismo ser altas que bajas, gordas que flacas...

Sr. REFLEJOS

Señor-ITA

Sr. DESIGUALDAD

Sra. BELLEZAEXTERIOR

**Pero don NOLOCONSEGUIRÁS
tiene un plan.**

—No os preocupéis, dejémoslas creer que pueden volar,
pero... ¿hasta dónde podrán levantar el vuelo? Nosotros
nos encargaremos de que sea poquito, de que no logren
volar muy alto. Volarán solo hasta donde les permitamos.
Ellas serán felices con sus alas y nosotros sabremos que
estas no les servirán para llegar muy alto. Ya veréis,
será fácil...

Y, diciendo esto, chasquea los dedos e inmediatamente aparecen los cuatro nuevos miembros de la banda.

—Os presento a...
don QUENADACAMBIE,
el señor INSEGURIDAD,
la terrible doña FRAGILIDAD
y la señorita IDEAL.

»Me imagino que os preguntaréis por qué vienen cargados con estas nubes tan negras y espesas... ¿Por qué? ¡Porque son unas nubes imposibles de traspasar! Juntas y colocadas a cierta altura se convertirán en un techo que impedirá que las niñas puedan elevarse demasiado. Sus alas solo servirán para volar bajito, casi a ras del suelo, ¡ja, ja, ja! Así que pongámonos a trabajar...

DON QUENADACAMBIE

SR
INSEGURIDAD

DOÑA
FRAGILIDAD

SRTA. IDEAL

En primer lugar,
la señorita IDEAL,
ayudada por la perversa señora
BELLEZAEXTERIOR,
se ocupará de que todas las niñas vean y escuchen
los cientos, miles de mensajes que una y otra vez
encontrarán en todas partes.

En los anuncios de la tele, en la publicidad de la radio,
en las fotos de las revistas...

Pronto entenderán que las niñas, cuando crecen
y se convierten en mujeres, deben estar preocupadísimas
por su aspecto, por las cremas rejuvenecedoras, por las
dietas adelgazantes, por la ropa de moda...

CESA IDEAL Todo para tu boda

Y se ponen manos a la obra:

—¡La inteligencia no puede verse!
¡La belleza, sí! —susurran al oído
de las pequeñas esas pérfidas
malvadas para convencerlas de
que las mujeres, ante todo, deben
ser bonitas y delicadas.

Y, entre susurro y susurro, **la señorita IDEAL**
va colocando un par de nubarrones en el cielo de algunas
niñas que, sin darse cuenta, empiezan a preocuparse
por las mismas cosas que las mujeres de los anuncios...
Perder algún kilito, tener una melena preciosa,
unas piernas perfectas...

En segundo lugar, el señor INSEGURIDAD, valiéndose de los espejos del señor REFLEJOS, comienza a poner en práctica su plan...

—¡Mírate! —les susurra, una a una, para despertarles el miedo a ser diferentes.

»¡¡¡Pareces rara... Eres demasiado distinta... No vas a pertenecer al grupo... Te vas a quedar sola!!! —Y, cuando ve que una niña duda, añade—: Actúa, piensa y viste como las demás, no seas única... Nunca seas única...

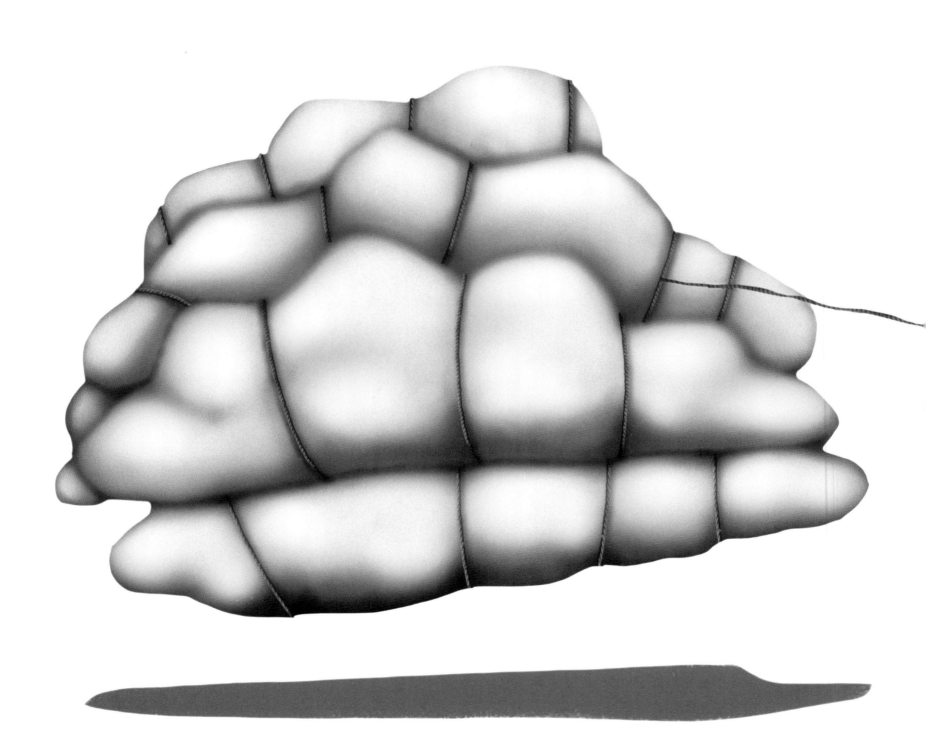

Y otras cinco nubes densas y retorcidas, de esas que no dejan ver ni un rayito de sol, aparecen por arte del señor INSEGURIDAD en el cielo de otras muchas niñas. De pronto, sienten temor a ser como son y empiezan a ser como don NOLOCONSEGUIRÁS querría que fueran, **iguales a todas las demás.**

Cervantes Juan Ramón Jiménez

Darwin Shakespeare

Picasso

Mozart Beethoven

Armstrong Leonardo da Vinci

Murillo Quevedo Einstein

Don QUENADACAMBIE llega justo después para decirles, con los mismos susurros penetrantes, que «desde siempre» los chicos han volado mucho más alto que ellas: los chicos siempre han sido los científicos, los inventores, los directores de orquesta, los pilotos, los presidentes de las naciones... ¡Por cada mujer que ha destacado en algo hay mil hombres que ya lo habían hecho antes! ¡¡La vida es así!! ¿Para qué cambiarla?

Y el cielo de otras muchísimas niñas

se va cubriendo por un montón de nubes negrísimas,

imposibles de atravesar,

que ha colocado el malvado

don QUENADACAMBIE

con la ayuda de su amiguísimo

señor DESIGUALDAD.

Por último, bajo la atenta mirada de la perversa Señor-ITA,
entra en acción la astuta doña **FRAGILIDAD**.
Ella lo tiene fácil, le basta con que las niñas
jueguen a los juegos que en la mayoría
de los catálogos de juguetes
tienen para ellas.

—¿Veis las cosas que deben hacer las niñas? ¡Sois delicadas y débiles! —les dice suavemente, mientras canturrea su canción del NO—: «Las niñas NO van solas, las niñas NO ocupan el centro del patio, las niñas NO toman las decisiones y, sobre todo, las niñas NO sueñan con ser algo que no pueden ser...».

Y, tal como tenían previsto, otro montón de nubes impide que algunas de ellas lleguen tan alto como desean.

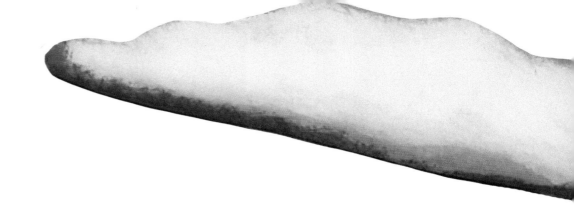

Y en poco tiempo, aunque las niñas aún posean sus alas invisibles, aunque ya no carguen piedras, no pueden volar tan alto como se les antoja porque todas esas nubes espesas han formado un techo que parece imposible de atravesar.

—¿No queríais volar? —se burlan los nuevos miembros de la banda—. Muy bien, pues ya voláis, pero bajito.

Sin duda han logrado su objetivo. Han puesto límites a sus sueños y, sin embargo...

—¡No puede ser! ¡Nunca habrá techo para nuestros sueños! —dice Violeta al ver a sus compañeras revoloteando a ras del suelo. De un aleteo se planta en la nube en la que la señorita IDEAL se lima las uñas y le grita—: ¡MI BELLEZA ES MI INTELIGENCIA!

Y ese grito anima a sus amigas a mover las alas con todas sus fuerzas, tanto que crean un remolino que desequilibra a la señorita IDEAL.

—¡NUESTRA BELLEZA ES NUESTRA INTELIGENCIA! —alzan la voz junto con Violeta—. ¡Nuestra belleza son nuestros sueños! ¡No queremos ser guapas ni feas, ni altas ni bajas, ni gordas ni flacas! ¡Queremos volar alto!

Al escuchar el silbido del viento y las voces de sus amigas, algunas niñas más vuelan a su encuentro.

El señor INSEGURIDAD se acerca para ayudar
a la señorita IDEAL, pero, antes de que susurre nada
que pueda acobardar a las niñas, se topa con Violeta
mirándolo de frente y diciéndole:

—¡Soy única! ¿Te enteras? ¡Y me gusta ser diferente!
—¡Yo también soy única! —repite Adriana.
—¡Todas somos distintas y nos gusta ser como somos! —vocean
las demás niñas moviendo sus alas con fuerza—. ¡No tenemos miedo
a ser diferentes! ¡Somos todas distintas, desiguales y
únicas!

Tantas alas moviéndose al unísono hacen que el remolino de aire gire con
tal velocidad que el señor INSEGURIDAD está a punto de caerse. Algunas
niñas más, al escuchar el silbido del viento y las voces de sus amigas,
también vuelan hasta ellas.

Doña FRAGILIDAD, que no soporta las protestas de las pequeñas, acude al oír tanto escándalo. Está a punto de cantar su canción del NO cuando Violeta, Martina, Jimena, Adriana y varias amigas más comienzan a cantar la canción del SÍ:

«¡Las niñas SÍ llegan adonde quieren llegar! ¡Las niñas SÍ toman decisiones! ¡Las niñas SÍ responden y SÍ vuelan alto!».

Al escucharla, muchas más niñas se suman a la melodía y, con todas las alas moviéndose a la vez, el viento sopla fortísimo, tanto que se lleva la capa de doña FRAGILIDAD.

—¿Qué está pasando aquí? —dice don QUENADACAMBIE nada más llegar, pero las respuestas que escucha solo hablan de sueños cantados entre sonrisas.

—¡Yo seré piloto! ¡Yo, científica! ¡Y yo inventaré una vacuna contra el miedo! —dicen las niñas—. ¡Las niñas pueden ser pilotos, inventoras, escritoras, directoras de orquesta, incluso marcianas!

Y el aire, cada vez más y más fuerte por el batir de las alas, sopla y sopla y sopla... tanto que don QUENADACAMBIE observa atónito cómo su bigote sale volando.

Y tanto, tanto y tanto sopla el aire levantado con el aleteo que sucede lo que tenía que suceder... El viento comienza a arrastrar... ¡LAS NUBES! Esas nubes negras colocadas por los malos malísimos se alejan y, mientras más fuerte aletean las niñas, más fuerte sopla el viento y más lejos se van las nubes.

Los miembros de la banda de don NOLOCONSEGUIRÁS, furiosos, se llevan las manos a la cabeza sin saber qué hacer.

¡No hay piedras, ni nubes, ni carga, ni límite para las niñas como ellas! Primero eran cuatro, pero en un momento se juntaron veinte. Ahora ya son cien y, tarde o temprano, serán todas las niñas del planeta, y todos los niños, porque a nadie le gusta que le recorten sus sueños.

El cielo aparece casi despejado sobre las cabezas de Violeta, Adriana, Martina, Jimena y todas las niñas que vuelven a volar libremente.

—Llegará un día —dice el señor **SIQUIERESPUEDES** mientras teje un par de resistentes y hermosas alas invisibles— en el que el poderoso e incesante movimiento de tantas alas y tantos deseos levantará un aire que se llevará las nubes más allá de cualquier horizonte, dejando un cielo limpio y azul. Será el día en el que todas las niñas alzarán el vuelo y llegarán tan alto como quieran, llevadas por sus sueños, sabiéndose capaces de todo lo que se propongan.